꿈은 별이 되어
울고 웃었네!

박진표 시집

시음사
시사랑음악사랑

시인의 말

지구라는 아름다운 작은 별에
꽃씨 하나 떨어져 꽃을 피우고
하늘 아래 땅 위에서
희망이란 이름으로 열심히 살아가는 우리들.

비워진 배고픈 꿈을 채우며 이름 모를 어느 곳,
그곳에도 꽃은 피고 지고 또 피고 지고...

비치는 햇살, 바람 타고 불어오는
꽃보다 아름다운 삶의 노래가
오늘도 내일도 그렇게 쉼 없이 들려오겠죠?

가녀린 몸짓으로 희망의 별을 따
가슴에 조심스레 심어 봅니다.
열심히 정직하게 살아가는 이 땅의 숨은 꽃들과
내가 사랑하는 사람들, 나를 사랑하는 사람들,
그리고 소박한 꿈들을 하루하루 농사짓는
가슴 따스한 사람들과 함께 나누고 싶습니다.

첫 시집을 조심스레 설레는 마음으로
독자분들의 마음밭에 뿌리고자 합니다.

희망을 안고 꿈을 심어 그 꿈을 가꾸고
행복의 열매로 탐스럽게 열리는 너와 나 우리이길
진심으로 소망해 봅니다.

언제나 물심양면으로 든든하게 후원하고 지켜봐 준 아내,
말없이 묵묵히 아빠의 사랑 품고 씩씩하게 삶을 노래하는
멋진 아들,
표지 그림 선물해준 이쁜 아빠 딸 사랑스런 공주님,
항상 그 자리에서 자기 향기와 노래로
그렇게 행복했음 좋겠습니다.
정말 그랬음 참 좋겠습니다.

시인 **박진표**

순수함으로 자연을 노래하는 박진표 시인

박진표 시인을 처음 만난 것은 2016년 초겨울쯤이었다. 이후에도 몇 번의 만남과 대화를 나눌 때마다 참 맑은 시인이구나 그러면서도 아집 같은 뚝심도 있구나 하는 생각을 들게 하는 전형적인 시인이었다. 천진난만(天眞爛漫)하고 순수하면서도 순박한 시인을 만나려면 서울 노원구 상계동 수락산 등산로 입구 '귀천정'이라는 곳에 가면 만날 수 있다고 했다. 바로 천상병 시인을 기리기 위해 세워진 정자이다. 그 천상병 시인의 순수함을 닮은 시인이 바로 박진표 시인이 아닐까 한다.

사람은 자신과 공감대가 형성되는 예술작품을 보면 순수해진다. 그중에서 가장 가슴에 와닿고 그러면서도 오래 기억에 남는 것이 시 문학이다. 박진표 시인의 첫 번째 시집 "꿈은 별이 되어 울고 웃었네!" 제호와 이미지를 보면서 새삼 순수해지는 이유는 시집에 수록된 작품 때문일 것이다. 하나의 단일한 사조가 아니라 새로운 시도와 관점 등을 적절히 사용하면서 현대 詩 창작을 묶어놓은 작품을 볼 수 있기 때문이다. 섬세하고 미묘한 상징들로 엮어 암시적인 분위기보다는 현실적인 표현 기법을 많이 사용해 언어의 신비로운 움직임을 표현하는 데 적합하면서도 자유로운 리듬감으로 詩作을 보여 주고 있는 박진표 시인의 첫 시집이 많은 독자의 기억에 남을 것이다.

자신만의 아집과 고집이 아닌 뚝심으로 자신만의 작품 세계를 행동으로 옮길 줄 아는 시인 그런 시인이 진정 자신의 존재감에 의해 엮어놓은 작품으로 많은 독자가 순수해지기를 바라면서 독자와 함께 할 수 있어 기쁜 마음으로 "꿈은 별이 되어 울고 웃었네!" 시집을 추천한다.

(사)창작문학예술인협의회 이사장 김락호

본문
시낭송
감상하기

QR 코드 스마트폰으로 QR 코드를 스캔하면
시낭송을 감상할 수 있습니다.

 제목 : 희망 하나
시낭송 : 박영애

 제목 : 산과 바다
시낭송 : 박영애

 제목 : 세 잎 클로버
시낭송 : 박영애

 제목 : 추억 속으로
시낭송 : 박영애

 제목 : 간이역
시낭송 : 박태임

 제목 : 새벽의 대화
시낭송 : 박영애

 제목 : 할미꽃
시낭송 : 최명자

 제목 : 바람이 좋아
시낭송 : 박영애

 제목 : 내 삶의 가운데서
시낭송 : 박태임

시인은 자연을 이야기하고
시낭송가는 자연을 품었다.
글자는 날개를 달아 언어로 날고
소리는 자연에 눕는다.

☆ 목차

풋과일 시인의 첫 걸음

글을 쓰고 싶었습니다
시를 쓰고 싶었습니다
시인이 되고 싶었습니다

설익은 풋과일이
빨간 탐스러운 과일이 되기까지
농부의 땀방울과
찌는듯한 태양과 비와 바람 태풍까지도
온전히 견디며 이겨내는 홍역을 겪듯
풋과일의 걸음마는 시작입니다

시를 통하여 눈물짓고
시를 읽으며 희망과 용기를 얻고
시 속에서 참삶을 발견하는
시련과 연단 속에 조금씩 익어가는
그런 따스한 시를 쓰는
그런 시인이 되고픕니다

첫 마음
첫 설레임
첫 각오
첫사랑을 잊지 않는
가장 낮은 시인이 되어 살겠습니다

풋과일 시인의 첫걸음
이제부터 시작입니다

희망 하나

제목 : 희망 하나
시낭송 : 박영애
스마트폰으로 QR 코드를 스캔하면
시낭송을 감상할 수 있습니다.

하루하루 순간순간
마음의 거울을 닦아 봅니다
미움도 아픔도 상처까지도

먼지처럼 떨어져 나간 상처를
기쁜 마음으로 보내며
그 자리에 희망을 심어 봅니다

새로운 희망이 돋아나면
더 많이 더 깊이 사랑하려 합니다

세월이 가고
나이가 들어가고
내 아이들이 자라고
내 머리 위엔 조금씩 하얀 서리가 내립니다

어릴 적 푸른 하늘이
어른이 된 나에게
살며시 미소 지으며 힘내라 응원해 줍니다

내가 아파한 만큼
내 가슴의 희망도 어른이 되었습니다

좀 더 성숙하고 넓고 따뜻하게 살려고
내가 가슴앓이하며
하늘의 별처럼 희망을 헤아렸나 봅니다

산과 바다

내 가슴엔 산과 바다가 삽니다

아버지의 산
어머니의 바다를
넘고 건너서
두 아이의 아비가 되었습니다

아버지 어머니
질곡의 세월 속에
얼마나 힘드시고 외로우셨는지요

가끔,
그 산과 바다를
추억으로 넘어가고 건너갑니다

말하지 않아도 느낄 수 있는
가을의 빨간 홍시처럼
조금씩 조금씩 익어가겠습니다

그리움 하나
추억 둘
시련의 아픔 셋

하나둘 셋
그리고 지우며 살겠습니다

제목 : 산과 바다
시낭송 : 박영애
스마트폰으로 QR 코드를 스캔하면
시낭송을 감상할 수 있습니다.

10

겨울 마중 나가기

비가 온다
가을이 깊어가며 익어간다
단풍이 곱게 물들고
낙엽이 하나둘 떨어지는
11월의 가을은
외롭거나 슬프지 않다
오늘이 11월의 첫날
이제 뚜벅뚜벅
가까이 겨울님 오시는 소리가 들린다
하얀 눈
소복소복 쌓이는 겨울을 그려본다
겨울을 맞으러 나간다
자연은
자연은
요술쟁이
깍쟁이

바람아 불어라

바람아 불어라
바람아 불어라
거침없이 쌩쌩 불어라
떨어지는 낙엽아 어디로 가느냐
바람 따라 훨훨 날아가다
개여울에 잠시 목축이고
너의 갈 길 가려무나
가다가 가다가 더 못가거든
조용히 잠들어 자연 품에 안기거라
생명은 순환하는 것,
아파하거나 아쉬워 말자
희망 실어 기쁨 실어
행복을 전해주는 행복 바람 되어라
불어라 행복 바람아
불어라 착한 바람아

아가처럼 아이처럼

아이의 해맑은 눈동자를 봅니다
반짝반짝 빛나는
아침 이슬 같은 까만 눈동자

어쩌면 그리도 맑고 티 없는지
그 속에서 천국을 봅니다

아가야
아이야
때 묻지 말아라
푸른 꿈을 꾸어라

가끔은
아주 가끔은
피터팬이 되어 날아다니는 꿈을 꿉니다

꿈

우리가 살면서 놓지 말아야 하는 것
어떤 시련과 고난이 찾아와도
아무리 힘들고 지쳐도 곁에 둬야 하는 친구
생의 다하는 날까지
함께 가야 할 동반자
시련과 인내의 열매로 맺어지는
참 좋은 달콤한 열매
우린 그 꿈을 향하여
오늘 하루를 산다
오늘 하루를 살아간다
힘을 얻는다

삶은 참으로 소중하며 아름다운 것

떨어지는 낙엽을 보며 슬프지 않은 것은
그 속에 새색시 봄이 수줍은 듯 미소 짓기 때문입니다
사계절의 순환은 때로는 눈물이 나도록 감사합니다
봄,
여름,
가을,
겨울,
어느 것 하나 이쁘지 않은 계절이 없습니다
그 속에 담겨있는
과거와 현재 미래를 만나며
물처럼 흐르는 자연의 말 없는 섭리와 만나며
나는 오늘도 내 마음의 거울을 닦아 봅니다
모두가 살기 힘든 세상이라 말하지만
때로는 눈물이 나도록 아름답고 소중한 우리들의 삶입니다
봄이 지나고 그 무덥던 여름이 가듯
아쉬운 가을이 작별하면
하얀 눈 내리는 겨울이 찾아오고 또 봄이 오고
하루하루 순간순간 귀히 여기며
곱게 곱게 살아야 할 것 같습니다
우리들의 삶은 참으로 소중하며 아름답습니다

그리운 향기

향기 나는 사람들이 그립습니다
이웃에게 기쁨과 희망을 주는

풀꽃 향기, 들꽃 향기, 소리 없는 낮은 향기,
뽐내지 않는 아이처럼 해맑고 푸르른
그런 사람 냄새 나는 따스한 향기가
그립고 보고 싶습니다

그런 우리가 되었으면 좋겠습니다
그런 내가 되고 싶습니다

그립고
생각나고
보고픈

보고 있어도 그리운 그런 향기 말입니다

해병 아들에게

아빠
귀신 잡으러
해병대 다녀오겠습니다

아빠 엄마의 아들에서
나라의 아들 되어

훈련단에서 천자봉까지 해병 혼을 배웠고
이제는 전역을 앞둔 아빠의 자랑 해병아

너의 그 젊음이 나라를 지켰고
결코 헛된 시간이 아니었음을 가슴으로 느끼거라

전역하는 그날까지 나라 사랑하는 맘
곱게 곱게 쌓아 올려
자랑스러운 해병으로 해병 탑을 쌓거라

조국이 있어야 네가 있는 것
너의 뜨거운 심장이 알아야 하리라

아들아
아들아
아빠의 보물 해병아
아빠 엄마 품에 안기는 그날까지

대한의 아들로 나라 사랑 하거라
해병의 이름으로 조국 수호 하거라

내가 나에게

저 멀리
지평선 위에
가을이 물든다
수많은 일들이 찾아오고 떠나가고 잊히고...

옛날,
그 많던 밤하늘의 별들은 어디로 갔는지
보고픈 그리움만 더해간다

혹여 내 가슴속 별들도
그 빛을 잃어가고 있지는 않은지
가끔은 두려워지고 뒤돌아보게 된다

산다는 건
부딪히며 살아가는 것
가끔은 아플 때도 있겠지만
투정이나 원망은 말아야지

조석으로 부는 바람이 살갑고 고맙다

내일이 나에게 있다는 건
사랑받고 축복받은 것
좀 더 아끼고 소중히 여기며 감사하며 살아야지

씨뿌린 희망이 무럭무럭 자라나
맑고 고운 행복의 열매 맺을 수 있도록
내 정직한 땀으로 곱게 곱게 키워야겠다

세상 모두를 품어주는
저 높고 푸른 하늘과 바다처럼
말없이 따스한 가슴으로
그렇게 살고 싶다

희망 둘

똑똑
계십니까
저는 그리움입니다

희망님
잠시 들어가겠습니다

당신이 지치고 넘어져 아파하여
걱정되어 찾아왔습니다

좀처럼 아픈 기색 표 내지 않는 당신이
얼마나 아팠으면 소식 없을까
그대 보고파
그대 그리워
이렇게 한달음에 달려왔습니다

당신은 내게 있어
그 무엇보다 소중한 그런 분이기 때문입니다

희망님 힘내십시요
희망님 너무 아파하지 마세요
당신 곁엔 저와 용기가 있으니까요
우리 서로 하나 되어
행운 아닌 행복 만들어가요

당신이 있어 저는 행복 합니다
당신이 있어 우리 사는 세상이 아름답습니다

눈물이 나도록 아름다운 임이여
가슴 시리도록 곱고 고운 친구여

바보

사람들은
잘나고 학식 있고 재산 많고
배경 빵빵한 사람을
지식인이다 유지 다 하며
부러워하고 겉으로 존경을 표합니다

마음이 없어도
가식이라도 좋으니
동냥이라도 하여 아첨하며
떨어진 콩가루를 받아먹으려
눈이 시뻘겋게 혈안입니다

마음이 없는
따스함이 실종된
그런 차가움과 냉동된 심장을
선망의 대상에 올려놓고
출세욕을 불태웁니다

불에 가까이 더 가까이 다가가 타죽는
불나비사랑도 모르고, 말입니다

바보가 귀한 세상이 돼버린 작금의 현실이
내 마음을 울적하게 만듭니다

조금은 여린 가슴
희망이 들어갈 좁은 자리라도 허락되면 좋으련만...
씨조차 말라가는 따듯한 바보는
이름 모를 어느 곳에서 흐느끼며 울고 있겠죠

바보가 떠난 세상
바보가 사라진 세상
디지털 세상이
과연 우리가 꿈꾸던 세상일까요

찾아야 합니다
찾아야 합니다
바보를 찾아야 합니다
꽁꽁 얼어버린
냉동된 심장을 따스하게 녹여야 합니다

더 늦기 전에
바보가 짐 싸서 우리 곁 떠나기 전에...

세 잎 클로버

행복은 네 잎 클로버가 아닙니다
행복은 세 잎 클로버입니다

너무 흔하기에 눈길 한 번 주지 않지만
나는 슬퍼하거나 원망하지 않습니다
때가 되면 나에게 다시 올 것을 나는 믿기 때문입니다

주어도 더 주지 못해 미안하고 안타까운
나는 그대를 향한 해바라기입니다
나는 그대를 바라보는 망부석입니다

아낌없이 주는 나무처럼
그대를 위한 그루터기 쉼터라도 될 수 있다면
나는 그것으로 행복하고 행복합니다

지치고 상처 입어 나를 찾는다 미안해하지 말아요
늙고 병들어 때늦은 후회 안고 왔다고 서성이지 말아요

나는
나는
언제나 그대와 함께하고 그대를 기다리는
낮은 꽃 아픈 이슬 세 잎 클로버

제목 : 세 잎 클로버
시낭송 : 박영애
스마트폰으로 QR 코드를 스캔하면
시낭송을 감상할 수 있습니다.

24

아가 다 큰 어른 아가야

아가 다 큰 어른 아가야
나이가 들어가고 세월이 빠르다 서러워 말거라
뒤돌아보면 때론 아쉬움도 있겠지만
그래도 후회하지 않을 만큼 열심히 살았잖니
우리가 태어나고 자라고 어른이 된 것처럼
그렇게 흐르며 말없이 살 거라

아가 다 큰 어른 아가야
눈을 감고 마음을 보아라
더 높고 더 푸른 맑은 하늘을 보아라
더 낮고 더 아픈 마음을 보아라

행복은 그런 거라고
아픔도 시련도 우리가 함께해야 할 친구이자 동반자

아가 다 큰 어른 아가야
아가 다 큰 아픈 아가야

이 다 큰 어른 아가를 나는 가슴 가득 사랑합니다

오늘

해는 서산으로 넘어가고
달님이 기지개 켜며 미소 짓는
정겨운 목요일 밤은
이렇게 깊어가며 익어갑니다

오늘도 참 열심히 살았습니다
백성의 고단한 삶이지만
오늘 하루 감사함으로
나는 희망하나 더하기 합니다

어제가 오늘 되고
오늘이 내일 되고
내일은 미래가 돼가는
삶의 도화지에
이쁘게 정직하게 스케치하며
피와 땀으로 곱게 곱게 색칠하려 합니다

산다는 건
이렇게 처절하도록 아름다운 가 봅니다

두 손 모아 꿈 모아
삶의 한 페이지 고이 접어
추억의 타임캡슐에 새겨넣는
고마운 오늘입니다

가족 그 따스한 이름

함께 있다는 그 이유 하나로도 행복한 것
보글보글 된장찌개
얼큰한 김치찌개
구수한 청국장처럼
보아도 보고 있어도 생각나는
자꾸만 그리운 따스한 둥지
언제 보아도 정겹고
떨어지면 애끓고 가슴 시린
천륜이라는 끈으로 이어진
신이 우리에게 주신 선물
아끼고 귀히 여기며
언제나 함께 가야 할
그리운 고향, 어머니 품속

방황

해가 뜬 걸 보니
날이 밝은 모양이다
일어나 밥을 먹고
또다시 잠을 청한다
잠을 자도 꿈을 꾸지 못함은
어떤 이유일까?

등대

늘 한결같이
어둠을 밝히는
너는
바다의 환한 미소

길 잃은 갈매기
엄마 품 찾아주고

섬마을 아낙네들
지아비 지켜주는
마음의 평화

거친 파도와
삶의 무거운 어깨
토닥토닥 달래주는
너는
어부들의 나침반

삶이라는 인생의 바다에서

꿈과 희망을 인도하는
그런 등대가 되고 싶다
그런 마음이 되고 싶다

참 사랑

선로 위에 누워있는
백범 김구

그 위를
짓밟으며 지나가는
안두희

그러나

하나님은
그 둘 모두를 사랑하셨다

가을 별

가을바람에
붉게 물든 낙엽이
하나둘 안녕을 고하는
깊어가는 가을의 끝자락

운명이라 하기엔
너무나 소중한
하루하루 순간순간

밤하늘의 가을 별은
길게 늘인 그림자처럼
구름 속에 숨었다 나왔다
숨바꼭질한다

밤하늘의 가을별은 무슨 생각 할까
나의 어릴 적 그 별이
나처럼 자라 어른별이 되었을까
아님 어린 왕자 별이 되어
장미꽃 지켜줄까

가을바람은 별빛 속으로 사라지고
가을 별은 내 가슴에 살며시 내려앉는다

추억 속으로

생각난다
연분홍빛 하늘을 마시며
푸른 꿈을 계획하던
높고 푸른 하늘

진달래꽃 아카시아 꽃
따먹으며 함께 뒹굴고
숨바꼭질 자치기 구슬치기
딱지치기 계급장 따먹기 오징어 놀이...

어둑어둑 밤 오는 줄 모르고
하얀 밤을 함께 했던 그리운 동무들

엄니가 만들어준 푸른 꿈을 먹으며
오손도손 행복을 꿈꾸며 계획했던
그리운 옛 시절

비록
흘러간 옛 추억으로
내 가슴에 남았지만

오늘은
다시 그리운 시절 그리워
조용히 눈 감아 본다

제목 : 추억 속으로
시낭송 : 박영애

스마트폰으로 QR 코드를 스캔하면
시낭송을 감상할 수 있습니다.

간이역

제목 : 간이역
시낭송 : 박태임
스마트폰으로 QR 코드를 스캔하면
시낭송을 감상할 수 있습니다.

잠시 쉬어가자
조금 늦어도
내 영혼
내 그림자 안고
아파도
온전한 나로 살자

가는 길
그 길이 꽃길 아니어도
나에게 당당할 수 있다면
더이상 바랄 게 없겠지

내 삶의
그 어딘가에서
잊혀지지 않는
고운 향기로
누군가의 가슴에 남을 수 있다면
참 행복한 사람

바람도 우리의 삶도
가끔은 쉼이 필요한 것
하늘과 땅 산과 바다
작은 생명들의 노래 귀 기울이고
가끔은 쉬어가자
오고 가는 세월과 술 한잔 기울이며

희망 사진관

행복을 드립니다
희망을 찍어 드립니다

힘들고 지친 이들
꿈을 잃고 헤매는
모든 사람 다 오십시요

가슴속의 잃어버린,
잠시 잊고 산
희망을 찍어 드립니다

아무리 지치고 힘들어도
희망 잃지 말라고
웃음 잃지 말라고

희망을 찾아 드립니다
희망을 찍어 드립니다

모두 모두 오십시요
여기는
우리 모두의
희망 사진관입니다

도시의 거리 위에

길 위를 걷는다

수많은 사람들은
굳은 표정으로 바삐들 움직이고
그 속에 내가 묻혀있다

모든 걸 토해내고 삼키는
도시의 거리가 때로는 두렵다

실개천조차도 허락되지 않은
어둡고 무거운 도시의 독백

그나마 건물 사이사이
비치는 햇살이 고맙다

자연에서 태어난 우리
작은 풀,
새소리, 물소리가 그립다

도시의 길 위에
우리는 허가받은 외톨이

잃어버린 나를 찾아
다시 힘내보자

가을아 고맙다

바람 따라
낙엽이 하나둘
깊어가는 가을을 알려주며 떨어집니다

그냥,
물처럼 바람처럼 구름처럼
흐르며 살라 하는 듯합니다

울긋불긋 물 들어가는 단풍의 합창은
가을이 안녕을 고함을
바람에게 들려줍니다

참으로 무더웠던 여름이었습니다

오지 않을 듯 가을은 우리 곁을 찾아왔는데
짧은 만남을 뒤로 자꾸만 떠나려 합니다
도깨비방망이라도 있으면
조금만 더 붙잡고 싶은 가을입니다

하지만,
욕심은 부리지 않겠습니다
가을아 고맙다
낙엽도 단풍도 황금들녘
바람 소리까지도...

겨울이 가까이 헛기침하며 저 멀리 걸어옵니다
이제 조금씩 새 손님 맞으러
마음 준비 해야겠습니다
어느 것 하나 소중하지 않은
봄, 여름, 가을, 겨울 입니다

한없이 누리는 행복이자 축복 입니다

가을아
가을아
내년에 더 고운 모습 이쁜 얼굴로 만나자꾸나

따뜻하고 부지런한 삶의 농부가 되어

오늘도
감사하는 마음으로
하루를 시작합니다

매일매일 다가오는 하루하루가
너무나 고맙고 소중하기만 합니다

하루하루 모여 삶이 돼가는
우리는 하루를 농사짓는 농부입니다

희망과 행복의 씨를 뿌리고
때론 시련의 잡초를 뽑으며
인내의 거름을 주어 행복을 키웁니다

오늘 하루가
그래서 더 소중하게 다가오는 아침입니다

부지런한 농부가 되어
오늘도 열심히 살아야겠습니다

행복의 결실을 꿈꾸며 말입니다

엄마 품속

엄마의 따뜻한 품속이 그립다
엄마의 젖무덤이 그립다

엄마의 심장 소리 자장가 삼아
쌔근쌔근 잠자던 그 편안함

한없이 따스한 눈길 주시며
어서어서 많이 먹어라
쑥쑥 무럭무럭 자라거라

금이야 옥이야
크신 사랑 한없이 주시던
내 고향 그리운 엄마 품속

돌아갈 수 없는 고향이기에
가슴 터지도록
사무치게 그립다

바람소리

11월의 바람은
10월의 바람과
맛과 촉감이 다르다

가을 냄새 진하던
코스모스 내음과 해바라기 미소가

붉게 물들어 흙으로 다시 돌아가는
단풍의 마지막 입맞춤이
오늘따라 아쉬워 심술쟁이 안개를
도시에 토해낸다

겨울로 들어가는 길목에 서서
조석으로 부는 바람
가을의 애간장을 녹이고

조금씩 서리 냄새 눈꽃 향기를
바람에 실려 보내는
11월의 바람이 분다

군고구마
동치미
군밤과 서리맞은 홍시가 익어가는
11월의 바람 소리
힘차고, 씩씩하다

고드름 열리는 겨울이 찾아오면
동네 꼬마 녀석들
루돌프 타고 오시는
산타 할아버지 기다리겠지

가슴앓이

가끔 상념에 잠깁니다
가끔 하늘을 올려다 봅니다
가끔 이유도 모를,
아니 알고 싶지 않을 눈물이 흐릅니다

지천명의 고개를 넘어 찾아온 열병입니다
지금 바라보는 하늘을 아버지도 보셨겠지요
그 하늘 위에 또 아버지의 아버지
미소지으며 당신의 자식과 손주 보고 계시겠지요

하늘이 눈부시게 파랗고
비치는 햇볕의 따스한 속삭임이
눈물이 나도록 고맙고 감사한 하루하루입니다

산다는 게 그리 녹록지 않지만
그래도 살아있기에 느낄 수 있는
아픔이자 고통이자 시련이 아니겠는가

이 또한 지나가리니
허허허 웃으며 털어 버리자

내 마음 알아주는 이 없어도
나의 노래를 부르며
나의 향기 내뿜으며
그렇게 그렇게 살고 싶습니다

희망 셋

누구나 품을 수 있어도
누구나 꿈꿀 수 있어도
아무나 소유할 수 없는
가꾸고 지키며 살아갈 때
그 사람 곁에 오래 머무는
따뜻하고 가슴 시린
우리가 함께 해야 할
영원한 동반자
그 힘으로 우리는 인내하고
눈물도 시련도 참을 수 있으며
아파도 외롭지 않은
따스한 이름
아침 이슬처럼 맑고 초롱초롱한 너
한없이 기대고 싶은 그리운 너
보고 있어도 보고 싶은 너
너를 희망이라 말한다

내 마음의 거울

가끔
내 마음을 바라다봅니다
언제나 건강할 줄 알았는데
가끔은 소리 없이 아파하며
흐느껴 웁니다

항상 같이 다녀
나는 아픔도 상처도 보지 못하고

흐려진 거울이
눈물 감추려 아픔 숨기려
입김 내뿜어 흐려진 줄
내가 알아채지 못하게
혼자서 울고 있던 것을 알지 못하였습니다

그 마음 늦게 알게 되어 마음이 아파집니다
내가 나에게 미안해집니다
거울아
거울아
아픈 거울아
시린 거울아
미안하다
미안하다

다시 거울 앞에 섭니다
흐린 너 이제는 잘 닦아주마
흐린 너 이제는 밝게 웃게 해줄게

언제나 함께 동행하는 너는 내 벗
같이 태어나 함께 자라 함께 늙어가는
너는 나의 둘도 없는 단짝

우리 서로 아껴주자
우리 서로 사랑하자
둘도 없는 내 마음의 거울아

새벽의 대화

말괄량이 아침이
땅거미 속으로 들어가고
침묵의 새벽 찾아오면

덧난 상처
가끔은 가시처럼 찌르지만
미워할 수 없기에
나는 그 상처 품고 산다

오르고 가야 할
우리에겐 내일이 있으니
뿌옇게 잠긴 오늘도
나는 감사함으로 하루를 산다

침묵의 새벽 나를 찾아오면
심장의 촛불 켜놓고
하루의 일기를 쓴다
오늘도 수고했다고

오늘의 하루
내일의 미래가 될 테니
내가 세상을 품고
세상은 또 나를 품는다

별과 달이 품어주는
이 새벽이 한없이 편하고 포근하다

날이 밝으면
또 어떤 일들이
나를 설레게 할까

제목 : 새벽의 대화
시낭송 : 박영애
스마트폰으로 QR 코드를 스캔하면
시낭송을 감상할 수 있습니다.

오뚜기

넘어지고 넘어져 상처 입어도
빙그레 웃으며 내 마음 솟대 되어
저 멀리 오시는 희망 바라보며
지긋이 눈감고 잔잔한 미소
나를 위로하네

살다 보면 좋은 일보다
괴롭고 힘든 일 많겠지만
인생은 그런 거라고
삶은 시련과 고통을 마시며 크는 거라고

아파하고 상처 입은 마음 클수록
꿈과 희망 더 단단히 여물고
나는 어른이 되어간다

넘어지고 넘어져도
다시 일어서는 거야

저 바람을 봐
부딪히고 때로는 돌아가잖아
너무 한길로만 가려 하지 마

너 자신을 믿고
실패하면 어때
다시 일어서 시작하면 되지

운명은 개척하고
시련은 이겨내면 돼

까짓것 내가 나를 믿는데
두려울 것 뭐 있어

힘차게 가는 거야
다시 일어나 네 꿈 찾아

땀과 눈물 흘린 만큼
행복이 너를 반겨줄 거야
행복이 너를 꼬오옥 안아줄 거야

그리움이 커지면 별이 된다고

소리 내 울지 않겠습니다
아파도 소리 내지 않겠습니다
울어도
아파도
속으로 울겠습니다

그 누구도 대신 할 수 없는
내 속의 이 아픔
아프다고 말하지 않으렵니다

그리움이 커지면 별이 된다고
저 하늘 그곳에 별이 되겠습니다

정말로 아픈 사람은
아프다 말하지 않는 다 합니다

그 아픔 모르기에
더 가슴이 아파집니다

그리움
하나
둘
아프지 않게
저 하늘의 별 외롭지 않게

내 마음 들키지 않겠습니다

환생

길을 걷는다

울긋불긋 단풍이
자기본분 다하고

그 낙엽마저
거름 되어 흙으로 돌아가니

가슴 시리도록
짧은 만남 서럽도록
그리워
못 잊어 못 잊어

다시 봄으로 환생하라

할미꽃

어렵고 힘든 세상 만나면
용기 잃지 말라고
무지개다리 놓아 주시고
하늘 그리움 되어
훨훨 날아가신
내 부모 누워계신 그곳에

빨갛다 못해 검어져 버린 너를 보며
집으로 모셔가 머리맡에 두려다
차마 그럴 수 없음은
양지바른 곳에서 원 없이 울라고
울다 울다 지치면 하늘 구름 이불 삼아
꽃으로 향기로 내 부모 편히 지켜주는
하늘 문지기 되어달라
차마 손대지 못했네

하얀 솜털 속에
어떤 그리움과 보고 싶음이 있을까

살며시 고개 숙인
그 겸손을 나는 보았네

이담에 부모 곁으로 갈 때면
잎으로도 좋으니
네 곁에 있고 싶다

못다 한 효도
조금이라도 갚을 수만 있다면

그 무엇도 나는 좋다네
내 고향 부모님 품속 돌볼 수만 있다면...

제목 : 할미꽃
시낭송 : 최명자
스마트폰으로 QR 코드를 스캔하면
시낭송을 감상할 수 있습니다.

아픈 마음아

마음아
힘들고 지치면
쉬어가렴

너무
아파하지마

내가 너의 벗 되어줄게

속으로 운다고
네 아픔 안 보이는 게 아니야

울고 싶을 땐
그냥 울어

벌거벗은 알몸이
때로는 자유롭더라
그치?

숨은 꽃

내가 세상을 아름답게 보는 건
숨어서 피는
숨은 꽃이 있기 때문입니다

지치고 힘든 이들 동무가 되어주고
낮은 꽃
작은 꽃
아름답게 서럽게 피어
아침 이슬처럼 순간을 영유하는

서럽고 아프지만 이쁜 꽃이기 때문입니다

자랑하지 않고
뽐내지 않고
낮은 꽃으로
세상을 희망으로 지펴주는

눈물 나도록
가슴 시리도록
서럽게
서럽게
피어나는 꽃이기 때문입니다

바람이 좋아

사람들은
받으려고만 하고
먼저 주질 않아
난
그게 슬퍼

아이처럼
그렇게 맑고 순수하게 살면
얼마나 좋을까

때 묻지 않고
맑고 푸르게 말이야

내것 네것 따지지 않고
뽐내지 않고
함께 섞여 살면 좋을 텐데 말이야

난 그래서 바람이 좋아

어디든 가고 싶은 곳
자유롭게 갈 수 있잖아
난 그게 좋아

향기도 전할 수 있고
노래도 실어서 보낼 수 있고
가다가 힘들면
산마루에 걸터앉아
이름 모를 새소리
들꽃 내음 야생화
속삭임 귀 기울여 들을 수 있으니

들이든, 산이든, 강이든, 바다든,
마음껏 다닐 거야

다니다 다니다 연기처럼 사라져도
난 외롭거나 슬프지 않아

희망 불씨 피워 놓으면
난 그곳에 있을 테니까

제목 : 바람이 좋아
시낭송 : 박영애
스마트폰으로 QR 코드를 스캔하면
시낭송을 감상할 수 있습니다.

나

나는 나
내 속의 주인도 나
내가 되지 못함은
내 속에 내가 없기 때문

나는 나이어야 한다
나는 나다워야 한다
삶 또한
나를 찾아 떠나가는 긴 여행

나는 나에게 회초리들 수 있는 용기가 있는가
세상 그 무엇보다 뜨겁게 나를 안아줄 수 있는가

이 땅에 내가 있게 만들어 주신
엄마 냄새가 그립다
아빠의 넓은 어깨가 보고 싶다

오늘은
내가 나에게
내 님이어서 고맙다 속삭이고 싶다

조금씩 채우며 살아가자
조금씩 비우며 살아가자

감사의 하루

우리들 마음속에
감사가 있음은
하늘이 우리에게 주신
축복의 좋은 선물
삶의 영양제

때로는 지치고 힘들어도
우리 사회 밝게 만드는
감사의 하루를 꿈꾼다

시련과 고통의 바이러스여
감사의 품속에서
산산이 부서지거라

삭풍이 불어도

삭풍이 불어도
이겨낼 수 있음은
하나가 아니라
둘이기 때문입니다

외로운 바람이 심술을 부립니다

지나온 길 돌아보니
나는
바람처럼 살았습니다

나는
칼바람이 아니라
미풍이 되고 싶습니다

삭풍이 불어도
봄은 어김없이 찾아오듯
내 삶의 따뜻한 봄은
지금 내 곁에
미소 짓고 있습니다

하루의 선물

새벽이 일어나
아침을 깨운다

오늘을 맞이하는
나는
참 행복하다

하루하루
이 좋은 선물
아끼며 살아야지

가끔은 시를 쓰면서 눈물이 납니다

가끔은
시를 쓰면서 눈물이 납니다

서러워서가 아니옵니다
슬퍼서도 아닙니다

향 필은 아니어도
행복해서 쓰는 시이기 때문입니다

한 송이 꽃을 피우기 위해
잠 못 이룬 시인의 마음처럼
작은 마음 담을 수 있음이
서럽도록
가슴 시리도록 고맙기 때문입니다

짧은 글을 통하여 희망을 키우고
잠시나마 쉴 수 있는
내 영혼의 안식이 고맙고 고맙습니다

아름답진 않지만
따스한 시를 쓰시는
그런 시인들이 많기를
소망하고 소망합니다

시는 마음을 정화하는
아침 이슬 같은 맑은 성수

누구나 쉬어갈 수 있는
안식처요 따스한 둥지입니다

희망 넷

떨어진 낙엽을 보며
상처 입어 떨어진
희망을 봅니다

아파서
아파서
울다 지친 희망이
일으켜 세워달라
말하는 듯합니다

낙엽은
낙엽은
봄으로 태어나지만

희망은
희망은
지금 아파서 웁니다

응급실에 희망을 데려갑니다

희망아
힘내라
희망에 용기를 줍니다
파르르 떨고 있는
희망이 슬퍼 보입니다

칼바람 불어도
쓰러지지 않을
희망인 줄 알았습니다

그토록 건강했던
희망이 아파합니다

희망아
희망아
잠시 잊어 미안해

아픈 희망에 용서를 빕니다
절망의 끝은 희망인 줄
이제 알았습니다

채움

새로운 하루를
오늘 선물 받는다
오늘은 무엇으로
내 하루 채울까
먼 훗날
기쁜 추억으로 남을
그런 예쁜
삶의 그리움으로
가슴 가득 채워야지

차 한잔

따뜻한 차 한잔에
얼어붙은 몸이
시골집 아랫목 구들처럼
언 몸을 녹여주고
잠시 쉬어갈 수 있는
마음의 여백을 만들어 준다
나를 돌아보고
앞으로 오실 내일과 미래를
차 한잔 속에
퐁당퐁당 떨구고
잔잔한 미소가 파문을 일 때
천천히 입김 호호 불며
내 가슴 적셔본다

그대여

그대여
지치고 힘들거든
저 높고 푸른 하늘을 보아라

살다 보면
즐거움보다 괴로움이 더 많겠지만
그 또한 이겨내며 그 속에 희망을 찾음이
더 기쁘고 즐겁지 아니한가

작은 꽃 한 송이
풀 한 포기도
아픔을 잉태하여
저리도 고운 꽃으로 피어나고 향기 품는데

풋과일이 탐스러운 열매로 익어가듯
그 속에 비바람과 태풍과 병충해도 이겨내는
시련의 아픔과 고통도 보게나

바다는
바다는
잔잔함과 평온함이 있지만
거친 파도와 풍랑도 함께 품고 있음을 잊지 말게나

그대여
우리는 성숙해지고 익어가는 것이라네
아픔과 시련이 찾아와도 미워하며 원망 말고
친구처럼 이웃처럼 다정히 맞이하게

허허 웃으며 이겨내며 살다 보면
우리에게 무릎 꿇고 용서 구하지 않겠나

알몸으로 태어난 우리
어느 시인의 말처럼
잠시 소풍 왔다 소풍 끝나고
즐겁게 미소지으며 웃으며 가세

한 세상
눈물이 나도록 즐겁고 행복했다고

가.감.승.제

희망은 더하기

미움과 고통은 빼기

행복은 곱하기

기쁨은 나누기

삶의 정답 어떻게 나올까?

궁금하다

희망 다섯

모두가 간절히 행복을 꿈꿉니다
오늘 힘들어도 그 꿈이 있기에
하루를 이겨냅니다
우리를 버티게 해주고
시련이 찾아와도 맞설 수 있는
그런 힘을 얻게 합니다
수시로 찾고
그리워하고
매달리고
기대고
안식하고 위안받으려 합니다
늘 애타게 목말라 합니다
소중하기에
가슴 깊이 곱게 곱게 간직합니다
너무나 소중해서 목숨처럼 생각하는
우리는 그것을 희망이라 합니다
희망은 우리가 살아야 하는 삶의 의미를 줍니다
희망은 숨 쉬듯 함께 해야 할 우리의 동반자
우리의 호흡입니다

어린 왕자

먼동이 튼다
하루가 열린다
하나둘 새벽을 깨우고
세상은 문을 연다

오늘
사람들은 무슨 희망 이루기 위해
저리도 분주히 살아갈까

희, 노, 애, 락을 비비며
하루를 쌓아가겠지

지구라는 행성에서
늘렸다 줄였다
자기 그림자 운전하며
허기진 영혼을 채워간다

알 수 없는
미지의 세계를 위로하고 보듬으며
지구라는 행성에서 나는
나의 별 지키며

바오밥 나무, 보아 구렁이, 사막여우,
그리고 곱고 고운 어여쁜 장미가 있는
어린 왕자를 꿈꾼다

동화 속 어린 왕자가 되어 본다
동화 속 어린 왕자가 되고 싶다

키재기

잘나고 못남
있고 없고
많이 알고 적게 알고
배경 좋고 배경 없고
학식 있고 학식 없고
잘생기고 못생기고
부자고 가난하고...

우리는
하루하루 순간순간을
누가 큰가 키 재기 하며 경쟁한다

아무런 의미도 없는
그 공허한 삶이란 바다에서 허우적거리며
이기면 뭐하고 또 지면 뭐 할 것인가

알몸으로 태어나 빈손으로 가는 우리

풀 한 포기 꽃 한 송이 아끼고 사랑하는
그런 진짜 부자, 행복한 사람이 되어보자
너무나도 소중하고 아름다운 우리들의 삶이 아닌가

좀 더 따뜻한 마음과 가슴으로 살자
좀 더 맑고 넓은 산과 바다, 푸른 하늘이 되어 보자
사랑과 봉사, 헌신과 희생의 키재기를 하자

내가 귀하듯
우리는 모두 다 귀하고 소중하지 않은가
깊이 생각할 일이다
깊이 반성할 일이다

욕심

끝이 없습니다
그 깊이를 알지 못합니다
먹어도 먹어도
배부르지 않고
늘 배고파합니다
바다는 채울 수 있어도
그것은
아무리 채워도
채울 수 없다고 합니다
얼마나 채워야
채울 수 있을까요?

우리들의 욕심 말입니다

내 삶의 가운데서

비바람 불고
천둥이 울면
나는
나를 벗어
나를 씻는다

얼마나 왔을까
구불구불 삶의 길
뒤돌아보니
참 많은 일이 있었다

풀 한 포기 꽃 한 송이
너희들도 나처럼
소리 없이 울고 웃었지

그리움 되신
울 엄마 아빠는
지금쯤 뭐 하고 계실까
시리도록 푸른 하늘이
서럽기만 하다

제목 : 내 삶의 가운데서
시낭송 : 박태임
스마트폰으로 QR 코드를 스캔하면
시낭송을 감상할 수 있습니다.

꿈꾸는 아이

쌔근쌔근 잠든 아가
귀여운 천사

꿈속에서 무슨 꿈 꾸기에
방긋 미소 지을까

나도 너처럼 웃고 싶다
한없이 기쁘게
미소 짓고 싶다

팅커벨 요정 되어
피터팬도 만나보고
어린 왕자 별에서
빨간 장미 미소도 보고

의좋은 형제 만나
따듯한 마음 나눠달라 해야지

마음의 별
소망의 별
하늘에 달아놓고

가끔 보고파 그리우면
달나라 계수나무 떡방아 찧는
토끼에게 부탁해 찾아갈 거야

아가야
아가야
이쁜 꿈 꾸어라

아가야
아가야
잊지 말아라

꿈꾸는 지금처럼
그 마음으로 살아라

우리의 마음은 우주입니다

우리의 마음은
우주입니다

담아도
담아도
넘치지 않는

세상 모두를
품어도
품어도
모자람 없는
샛별입니다

두 눈 감으면
어디든 갈 수 있는
은하수입니다

그 별을 우리는
값없이 이렇게
가슴에 지니고

오늘을 삽니다
내일을 삽니다

그래서
그래서
슬프지 않습니다

그래서
그래서
외롭지 않습니다

우리의 마음은
우주입니다

낙엽 되어 단풍은 바람 타고 떠나네

어느새
곱게 물들어
활활 타버린 그대

연지 곤지
새색시 두 볼에
살포시 앉아
소스라치는 늦가을의
이별 여행 준비한다

가을은 떠나도
단풍의 추억은
가슴에 살며시 내려앉는다

하늘의 뭉게구름
하얀 양 떼 몰고 오고
목동은
겨울을 맞는다

붉게 타오른 가을의 축제여
그림자마저 아쉬워
불이 붙는다

낙엽 비 내린다
가을이 떠나간다
가을은 낙엽 되어
바람 타고 떠난다

민들레

길을 가다 문득
황량한 콘크리트 틈새에
노란 민들레를 본다

겨울이 코 앞인데
어쩜 저리도 가녀리게 피었을까

흙 한 줌 제대로 보이지 않는
저 척박함에서 질긴 생명
서럽게 모질게 피었구나

눈물이 난다
내 눈물이라도 받아먹고
겨울 오기 전 어서 자라
민들레 홀씨 날리려무나

훨훨 날아
이다음엔
너를 따스하게 품어주는
자연의 품에 안기어라

지금 너의 상처
어리석은 우리에게
희망 되어 찾아오게

광화문의 함성

서울 하늘 아래
촛불 하나둘 모여
작은 불꽃 바다를 이룬다

어느 별에서 오는 손님인가
전국 방방곡곡
하나둘 모여든 촛불의 행진

무엇이 우리를 이곳으로 불렀나
광화문 하늘 아래
별들이 운다

들리는가
들리는가
백성의 서러운 통곡 소리가

서러운 보릿고개
i.m.f 이겨내고
세계에 알렸노라
민중의 힘을
민초들의
나라 사랑하는 마음을

덧난 상처가 서럽게 아물어 가는데
딸을 등에 업은 못된 여우 국정을 농단하고
민초들의 땀과 피를 빨아먹어

국민이 신음한다
대한민국 서럽게 서럽게 운다

광화문 하늘 아래 별이 뜬다
별 비가 내린다
그 별 비 은하수 되어
팔도에 떨어진다

나는 보았네
백성의 서러운 눈망울,
민주주의의 피맺힌 절규를

다시 일어나리라
다시 일어나리라

세계는 보았는가
광화문의 별 비를

위정자여
위정자여
백성의 피눈물 닦아줘라
백성의 함성을 기억하라

희망 여섯

동이 튼다
새벽이 열린다

벌써 새벽을 깨우는
자동차 소리
사람들의 발소리
아침이 밝아온다

집마다
삶의 전쟁터 나가기 위해
분주히 아침을 챙기고

덜그럭덜그럭 설거지 소리
우리의 아픈 심장 소리처럼 들린다

고단한 삶 위에
그래도 힘을 내자
희망은 나를 위로한다

그래
그래
그래야지
희망아 네가 있었지

힘들지만
외롭지 않음은
서럽도록 아름다운
내 속의 희망

심장아 힘차게 박동하라
내일의 밝은 희망 위해
다시 힘내는 거야
다시 일어나 파이팅

처음처럼 이슬처럼

하루하루
순간순간
처음 마음으로
처음 설렘으로
하루를 산다면
얼마나 좋을까

하루를 산다는 것
오늘을 선물 받아
이 아름다운 세상
행복 만들며
감사하며 살 수만 있다면

이슬 되어 살아도
처음으로 돌아가니
또 다른 내일 살 수 있겠지

아침 이슬
풀잎 이슬
그 맑고 초롱초롱한 눈빛

하루를 산다면
난 이슬이 되련다

소리 없이 조용히
환한 하얀 웃음 지으며
생명을 전해주는

예쁜 이슬
아침 이슬 되리라

지하철 안에서

하루가 열리고
분주히 우리는
고단한 삶을 이어간다

지친 표정
슬픈 얼굴
근심 어린 얼굴
피곤한 모습
가끔 활기찬 얼굴을 보며
희, 노, 애, 락,
지하철 안에서 만난다

분명
저기 저 표정들 속에서
내 얼굴이 있겠지

지하철은 말없이
사람들을 삼키고
사람들을 뱉어내고
무표정하게 무심하게
땅속을 달린다

어둠 속을 달리며
우리는 무슨 생각을 할까

저 어둠의 긴 터널 끝에
나는 무엇을 찾을 수 있을까

지하철 안에서
땅 위에서 살아 숨 쉬는
모든 생명의
행복한 합창을 꿈꾼다

귤차

찬 바람이 불면
가끔 귤 차를 만듭니다

감기 예방에
비타민 시 풍부하니
감기약 대신해서
겨울이면 가끔
귤 차를 만듭니다

아이들 어릴 적 귤 차를 만들면
아들은 귤 까고 딸은 가닥가닥 나누고
아빠인 저는 가위로 귤을 잘랐죠

귤 차를 만들면 아이들의 재잘거림
시간 가는 줄 모르고
훈훈한 가족애가 우리 식구 덮여줬죠

귤 차 속에 아이들의 호기심, 아빠의 사랑,
잔잔히 녹아들어 맛있고 달콤한
상비약이 되었죠

그 아이들 자라 이제는 나라 지키는 해병
딸아이는 내년에 고등학생 되네요

해마다 먹어온 귤 차 속에
아이들의 세월도 녹아있네요

색시야
아들아
이쁜 공주야

작은 거에 감사하고 함께 나누는
따뜻한 가슴으로 살아가자

행복은 멀리 있지 않은 것
우리 소중히 여기며 잘 가꾸고 지키자꾸나

귤 차의 상큼함과 달콤함처럼
우리 가족 이쁜 행복 만들고 지키자꾸나

집 오는 길
귤 한 상자 속에서
가족의 행복이 보입니다
가족의 웃음이 보입니다
가족의 사랑이 보입니다

무거운 귤 한 상자
이젠 깃털처럼 가벼운
솜사탕 되었습니다

돌려 주세요

떨어져 뒹구는
늦가을의 낙엽 위에
잠시 앉아
상념에 젖습니다

떨어져 모여있는
낙엽의 바스락바스락 소리가
서민들의 울음소리로 들립니다

꿈을 가지고
희망을 키워야 할
대한민국의 미래가
지금 많이 아파합니다

어찌하면 좋을까요
어떻게 살아야 하나요

미래는 있는 걸까요
아님
또 몇몇 사람 노리개 되어
꼭두각시 되어야 하나요

미래를 돌려주세요.
꿈과 희망 돌려주세요

그 꿈과 희망
내가 사는 이유이기 때문입니다

망각

잊고 싶다
잊어야 한다
아니
토해내고 싶다

내 영혼 갉아먹은
그 고통의 시간

누구도 대신 할 수 없었던
얼어붙어 찢긴
지나온 지독했던
거머리 같았던 시간

아무도 모르게
판도라의 상자에 숨겨 놓는다

사랑하는 사람이 아파하지 않도록
나를 사랑하는 사람들 상처 입지 않도록

그래
잊어버리자
지워버리자

시장

자주 시장을 들른다
땅, 산, 바다, 하늘,
모두 만날 수 있는 곳
그곳에서 그 냄새를 맡는다

백성들의 숨소리가 있고
삶의 애환 서려 있는 곳
나는 그 내음이 좋다

모두들 각자의 소망과 행복을 키워가며
정직한 땀방울 짠 내 풍기며
부딪치고 어우러져 행복 키워라

덤이 있고 실랑이 벌어져
사람 냄새 나는 곳
그 정겨움 어디서 볼쏘냐

바코드가 없어서 좋다
시장은 우리네 엄니들 희망으로 품어주고
모진 삶 기워가며 상처 아물게 치료해준다

덤 없어도 좋으니
부디 오래오래 기억 속에서 살아주거라

삶의 맛

여러 가지 맛 중에
우리 삶의 맛은
어떤 맛일까

달콤한 단맛보다
인생의 쓴맛 더 많은데

행복은 어떻게
삶의 쓴맛 속에 숨어있을까

몸에 좋은 약은 쓰다는데
하느님 우리들 사랑하셔
투덜투덜 투정 들으시며
행복 주시려 쓴맛 주시네

느껴봐야 알리라
맛을 봐야 맛을 알지

쓴맛이 단맛이고
단맛이 쓴맛인걸

쓴맛과 단맛
함께하는 친구인걸

거울

하루가 열리는 아침이면
집을 나서기 전 거울을 본다

늘 거울 속의 나를 보며
나는 미소 짓지 않는다

거울 속 나는
나를 보며 무슨 생각 할까
한번이라도 웃어주면 힘이 날 텐데...
야박한 나를 보며 서운하겠지

모습은 보이는데
마음은 보이지 않는다

거울아
거울아
마음은 보여줄 수 없는 거니?

내 마음 깨끗해지면
나를 찾아 오너라

힘들고 괴로워도
내가 나에게 미소지을 때
그 속에 내 마음 숨어있겠지

거울은
거울은
환한 미소 짓는 나를 그리며

지금도
지금도
짝사랑을 한다

통닭 한마리

퇴근길 집 근처 통닭집에서
통닭 튀기는 냄새가
내 코끝을 간질간질 자극합니다

갑자기 나는 타임머신 타고
유년 시절로 되돌아갑니다

우리 형제 6남매
아버지가 사 오신 통닭 한 마리

어느 코에 부칠까
누구 배 속부터 채워질까
6남매 눈에는 불꽃이 튀기고
온 방 안에 통닭 냄새
하루 허기 달랬죠

바라보시는 부모님 눈가엔
이슬이 맺히고
그래도 다행이다
안도의 미소가
저의 형제 부모님 사랑의
따스한 울타리 행복했었죠

가진 것이 없기에
더 풍족해진 가족의 끈끈한 사랑이
그래서
더 행복했습니다

이제는 모두 엄마 아빠 되어
중년의 고개 넘어들 가고
머리엔 잔서리가 피어나네요

통닭집 주인에게
통닭 한 마리 주문합니다

비록 어릴 적 그 맛은 아니겠지만
색시와 이쁜 딸과 함께 먹으렵니다

오늘의 타임머신은
나만의 비밀로 남겨 둡니다

내 친구 하모니카

힘들 때 나를 위로하고
주머니 속에서
내 체온 느끼며
늘 동행해준 너

오빠 생각,
등대지기,
해당화,
모닥불,
클라멘타인,
석별의 정,
섬집아기...
주머니에서 너를 꺼내
부르고 있노라면

하루의 온갖 시름
어느새
달콤한 솜사탕 되어
내 가슴 깊이 녹아들었지

늘 변함없이
늘 한결같이
내 곁에 있어 준 고마운 친구여

우리 변함없이 그렇게
함께 살자
함께 가자

누룽지

밥이 되어 허기 달래주고
기다림 뒤에 노릇노릇
구수하게 익어가니
네 어찌 이쁘지 않을쏘냐

바삭바삭
너를 입가에 가져가면
고향 냄새가 난다
엄마의 사랑을 만난다

물을 넣어 끓이면
구수한 숭늉 되어
입속의 텁텁함
개운하게 만들어 준

너는 만능 탤런트

너처럼 구수한 사람이 되고 싶다
너처럼 은은한 그런 이웃이 되고 싶다

타지 말고 노릇노릇 구워져
세상의 시름 텁텁함
개운하게 한 방에 날려줘라

바다 마음

세상의 모든 물을
바다는 받아 줍니다

가장 낮은 곳에 있기 때문입니다

그래서 바다는
세상 그 무엇보다
가장 넓고 깊습니다

바다의 넓고 깊은 가슴을 닮고 싶습니다
바다처럼 가장 낮은 곳에서
투정 없이 섬기며 살고 싶습니다

엄마의 바다
우리 모두의 엄마 품입니다

하늘을 우러러
한 점 부끄럼 없이 살려 한
시인의 마음도
바다는
바다는
품어주고 안아줬겠죠

아파서 멍든 가슴
가슴으로 울어
퍼렇게 퍼렇게 변했나 봅니다

슬프도록 푸른 바다

나는 조금씩
그 바다 마음 알아 갑니다

오늘 그 소중함

어제가 오늘 되고
오늘이 내일 되는
소중한 하루
오늘을 선물 받습니다

과거와
현재와
미래가
다 오늘에 녹아 있습니다

오늘이 너무나 소중한 까닭입니다

오늘 그리는 삶의 그림은
행복한 추억으로
따스한 그리움으로
그렇게 기억되면 좋겠습니다

오늘의 높고 푸른 하늘이
우리 모두에게
골고루 고운 햇살 비춰주니

아마
좋은 삶의 그림 그릴 것 같습니다

떠나는 가을 그리고 이별

주어도
못 주어 미안한 마음

그리워
그리워
슬픈 사슴 돼버린

떨어진 낙엽
파르르 떨려
차마 떠나지 못하고

너를 품어 안는다
네가 그리울 거야

안녕이라 말하면
눈물이 날까 봐

괜스레 하늘만 쳐다본다
푸른 하늘이 괜히 얄밉다

시계

째깍째깍
초침이 돌아갑니다
쉬지 않고 돌아야 하는
초침의 숙명이자 운명입니다

허리 한번 자유로이 펴지 못하고
돌아가는 초침의 수고로움이
분침의 마음에 감동되어
깊고 깊은 가슴에 스며들 때

시간을 알리는 우리의 시침이
그 수고로운 땀방울 머금고
시간을 뱉어냅니다

초침
분침
시침
서로 다투거나
자랑하거나 교만하지 않을 때
잉태된 시간은
우리들의 역사를 만들어 냅니다

그 속에 세월이 흐르고
봄, 여름, 가을, 겨울,
사계절이 흐르고
아이가 자라 어른이 되고

소망은
행복은
그렇게 피어납니다

시간 속에 우리가 있고
우리 속에 시간이 흘러갑니다

만들어진 역사는 과거로 흐르고
새로운 역사는 미래를 준비하는
시계는 새로운 또 다른 우주입니다

단 한순간도 멈춰서는 안 될
그들의 과업이자 숙제입니다

아름다운 것, 그 소중한 의미

내가 가는 길
그 길이 평탄한 길 아니어도
나는
그 길 외면하지 않으리

굽은 길도 가다 보면
이름 모를 들꽃들의 노래가 있고

모진 생명의 합창의 울림은
공평하게 주어지니
그 또한 감사하지 아니한가
꿈은 어디에도 공평하게 있으니까...

들꽃이 아프다고 투정하지 않고
바람이 심술부려도
나무는
두 팔 벌려 안아주고 토닥이니

난
꿈을 꾸며 하늘 훨훨 날아다니고
뭉게구름 사다리 삼아
하늘 꼭대기 찾아가
잭과 콩나무 거인의 성에도 가볼 수 있으니

꿈이라도 좋으니
그 꿈 깨지지 않게
마음의 눈으로 지켜주고 싶다

아름다움은
현실 속에만 살지 않는 것
때로는 상상이 현실이 될 수 있으니
난 상상도 배불리 하고
꿈도 배꼽이 튀어나와 맹꽁이 배 되어도
아주 많이 먹을 테니까

아름다운 건
행복해하는 모든 것들에 숨어있는 보물
풀 한 포기 꽃 한 송이도 꿈을
지닐 수 있는 자격이 되니

세상 모든 거엔 그 보물들 다 있겠지
세상 모든 거엔 아름다운 신비로움이 다 숨어 있겠지

그래서
그래서
누가 뭐래도 내 눈엔 세상이 아름답게 보인다
그래야 아프지 않을 테니까
그래야 미워하지 않을 테니까

희망 일곱

가자
가자
희망아 가자

우리가 놀던 곳
따뜻한 마음밭길

그곳에서
감사하는 마음도
행복도 희망도
마음껏 심어보자

시련과 고난
잡초 뽑으며
들꽃과 들풀은 함께 키우자

이담에
이담에
행복과 희망 꽃반지 해주게

안개꽃

주연이 아닌 조연으로
주인공 돋보이게 해주는
낮은 꽃
이쁜 꽃

잔잔한 구름 위
살포시 지나간
그 잔잔한 미소는
나는 잊지 못하네

배려하는 마음과
안개의 신비가
너의 미소였지
너의 마음이었지

어떤 꽃
어떤 친구 찾아와도
늘 어울리는
네가 없이는 미소가 없는

너는
너는
신비로운 꽃
솜사탕 같은
너는 안개꽃
신비로운 꽃

나의 다짐

물은
흐르고 흘러
바다로 들어가고

바람은
보이지 않는 미지의 세계
구름 타고 여행하고

삶은
희, 노, 애, 락, 맛보며
나를 찾아 떠나는

아~~~

맞이하는 하루하루가
귀하고 소중한
하나님이 주신 선물

꽃은 향기가 있어야 꽃이듯
사람도 사람의 향기 있어야
먼 곳에 있는 꿈과 희망
익으면 따오지 않을까

새벽이 물러가고 동이 틀 때면
난 다짐을 한다
나의 향기 가지고
나의 노래 부르며 살자고
나다운 내가 되자고

작은 꽃 한 송이 풀 한 포기도
가벼이 안 여기고
아끼고 사랑하며 살아야지

오늘 하루도
가슴 가득 안아본다

꿈꾸는 나

꿈을 꾸고 싶다
불꽃처럼 타오르는
꺼지지 않는 꿈

간절함이 없이는
절대로
절대로
이룰 수 없겠지

아파서
슬퍼서 우는 게 아닌
행복해서 눈물 흘리는
따뜻한 꿈

지천명의 고개 넘어 뒤돌아보니
아직 나의 꿈은
어른이 되지 않았다

절망이라 해야 하나
희망이라 해야 하나

거친 비바람
엄동설한 버티며
견디고 이겨내 여기까지 왔는데

나는 지금도 방황하며
나의 꿈을 지킨다
나의 꿈을 찾는다

이 방황의 끝에
뜨겁게 반겨주는
내 꿈에 안기고 싶다
가슴 가득
가슴 깊이

마음의 향기

꽃에
나무에
바람에
산과 강과 바다에
냄새와 향기가 있듯

우리들 사람에게도
냄새와 향기가 있습니다

보이는 냄새와
눈으로 보이지 않고
마음으로 보아야 보이는
가슴으로 느껴야 느껴지는
사람만이 가질 수 있는
아름다운 마음의 향기

마음의 향기를 품고 사는 사람은
참 아름답고 행복한 사람

가슴으로 느껴야 전해지는
마음의 향기는
그래서 더 시리도록 아름답습니다

삶에 지쳐 숨죽이며
소리 없이 눈물 흘리는
지친 영혼들에
마음의 향기 전하고 싶습니다

아파하지 말고 힘들어하지 말라고
다시 일어나 꺼져가는 희망의 불씨
우리들 가슴에 다시 담아
행복한 행복 꽃 되어
곱게 곱게 살았으면 좋겠습니다

비우면 채워지고

자랑하지 말자
부유함도
가난도
있고 없음
잘나고 못남

뒤돌아보면
아무것도 아닌 것

근심 걱정
괴로움과 고뇌
그 무거운 짐
이제는 벗어버리자

훌훌 털어버리면
이렇게 홀가분한 걸
우리는 왜 내려놓지 못할까

욕심이
두려움이
용기가 없어
짊어지고 사는 삶의 무게

비우면 다시 채워지는
그 평범한 진리를
한때의 괴로움이
아프게 아프게
우리를 때린다

무거운 짐 벗어놓고
이제
깃털처럼 가벼운
잃어버린 꿈을
다시 품어보자
다시 믿어보자

옹달샘

산골짜기
이름 모를 어느 곳에
맑은 샘물 생명물

산새들과 산토끼
잠에서 일어나
물 한 모금 마시면

산속의 모든 생명
기상나팔 대신하고

두꺼비와 맹꽁이
게으른 하품이
두둥실 떠올라

하늘 구름
하늘 양 떼
저만치 몰고 오면

생명물 맑게 솟아
축제를 연다

깊은 산골 그곳에는
모든 생명 품어주는
사막의 오아시스
소풍 나와 노래한다

마셔라 마음껏
노래하라 생명이여

낙엽도 잠시 쉬어가는
작은 샘물 옹달샘

희망은 그곳에서도
뽀글뽀글 샘솟는다

친구야

친구야
우리 가끔
하늘을 쳐다보자

때로는 지치고 고단한 삶
가끔은 쉬어가세

높고 푸른 하늘
두둥실 떠다니는 구름 올려보며
따스한 햇볕 마음껏 마셔보자

인생의 맛
꿀맛은 아니었지만
뒤돌아보아 후회는 없다네

푸른 하늘
자유로운 바람
떠도는 구름 이불 삼아
낮잠도 자며
느린 게으름도 한 번쯤 피워보세

밤하늘의 별을 보며
저 높이 빛나는 수많은 별처럼
우리의 꿈
우리의 희망
높이 걸어놓자
아무도 못 따가게 말이야

친구야
우리 곱게 늙어가세

모진 삶 헤쳐온 나를
보듬고 격려하며
자연처럼 말없이 순응하며
물처럼 흐르면서

곱게 곱게 늙어가세
탐스럽게 익어가세

서로 허물 덮어주고
서로 아픔 격려하는
너와 나는
둘도 없는 친구라네

부모님의 무지개

어둠이 내리고
저 밤하늘에
별이 비칠 때면

잠이 든 바다 위로
내 지친 영혼
고독한 등대 되어
외로움 비춘다

길잃은 그리움
떠도는 방황
이젠 끝내고 싶다

이 긴 방황의 여행
아무도 모르게
아무도 모르게
별빛에 묻어두고
칼바람 앞에 마주 서야겠다

더는
이제 더는 피하지 않고...

아파한 만큼 나의 인내는
어른이 되리라는 믿음과 위안
그것으로 충분하다

다시 일어서자
다시 시작하자

내 부모님 만들어 주신
무지개 바라보며

꿈은 별이 되어
울고 웃었네!

박진표 시집

2019년 7월 25일 초판 1쇄
2019년 7월 30일 발행
지 은 이 : 박진표
펴 낸 이 : 김락호
디자인 편집 : 이은희
기 획 : 시사랑음악사랑
연 락 처 : 1899-1341
홈페이지 주소 : www.poemmusic.net
E-Mail : poemarts@hanmail.net

정가 : 10,000원
ISBN : 979-11-6284-121-1